Para Kai Santiago Lacera. Te queremos siempre, sin importar lo que comas.
Gracias a nuestros padres, Dick, Monia, Doris y Jorge. *We love you!*
—M. L. y J. L.

Text copyright © 2019 by Megan Lacera and Jorge Lacera
Illustrations copyright © 2019 by Jorge Lacera
Spanish translation copyright © 2019 by Lee & Low Books Inc.
Children's Book Press, an imprint of LEE & LOW BOOKS Inc.,
95 Madison Avenue, New York, NY 10016
leeandlow.com
Edited by Jessica V. Echeverria
Designed by Ashley Halsey
Production by The Kids at Our House
The text is set in P22Stanyan
The illustrations are rendered digitally
Printed on paper from responsible sources
Manufactured in Malaysia by Tien Wah Press
10 9 8 7 6 5 4 3 2 1
First Edition
Library of Congress Cataloging-in-Publication Data
Names: Lacera, Megan, author. | Lacera, Jorge, author, illustrator. |
Canetti, Yanitzia, translator.
Title: Los zombis no comen verduras / por Megan Lacera & Jorge Lacera;
ilustrado por Jorge Lacera; adaptado al espanol por Yanitzia Canetti.
Other titles: Zombies don't eat veggies. Spanish
Description: Primera edicion. | New York: Children's Book Press, an imprint
of Lee & Low Books Inc., 2019. | Originally published in English under
title: Zombies don't eat veggies. | Summary: Although Mo's parents insist
he eat zombie cuisine, Mo craves vegetables and strives to get them to
taste recipes made from his hidden garden. Includes recipes.
Identifiers: LCCN 2018037353 | ISBN 9781620148518 (hardcover: alk. paper)
Subjects: | CYAC: Zombies—Fiction. | Vegetarianism—Fiction. | Family life—Fiction. |
Secrets—Fiction. | Spanish language materials.
Classification: LCC PZ73 .L217 2019 | DDC [E]—dc23
LC record available at https://lccn.loc.gov/2018037353

¡LOS ZOMBIS
NO COMEN VERDURAS!

por Megan Lacera y Jorge Lacera

ilustrado por Jorge Lacera

adaptado al español por Yanitzia Canetti

Children's Book Press,
an imprint of Lee & Low Books Inc.

Mo era un zombi con un anhelo profundo y oscuro.
Un anhelo espantoso. Totalmente despreciable.

A Mo le encantaban las verduras.

Él cultivaba todo tipo de verduras en su jardín secreto.

Y luego, en su cocina escondida, preparaba deliciosas comidas con apio, tomate y zanahoria, que luego devoraba con placer.

A los padres de Mo no les gustaban las verduras.
¡Para nada! ¡Ni un poquito! ¡Las verduras eran asquerosas! *Yucky!*
¡Huácala! Estaban prohibidas en la mesa de los Romero.

Se suponía que los zombis comieran comida zombiana, como pastel de sesos, guiso de sesos y tortillas de sesos con frijoles.
Los padres de Mo insistían en que su niño solo comiera comida zombiana.

Mo trató de convencer a su mamá y a su papá de que al menos le dieran una probadita a los guisantes. Él introducía disimuladamente alguna verdura cada vez que podía.

Pero sus intentos no dieron frutos.
Ellos querían que él aceptara
quién era. Un zombi.
Y los zombies no comían verduras.

Mo sabía que no le gustaba la cocina zombiana.
Y no podía imaginar una vida sin espinacas,
sin pepinos, sin col rizada...

Si era cierto que los zombis solo comían comida zombiana,
Mo comenzó a preguntarse si tal vez él no era un zombi después de todo.

Día tras día, Mo se preguntaba qué podía hacer para que sus padres comprendieran su amor por las verduras.

Sus tomates eran tentadores.

Sus pepinos, crujientes.

Sus pimientos, perfectos.

Añade cebollas, un poco de ajo,

una ramita de cilantro y...

¡GAZPACHO!

¡Híjole!
A Mo se le ocurrió una idea.
¡La mejor de todas!

Mo agarró su libro de recetas.
Sus dedos volaban sobre las páginas.

Hasta que la encontró. La receta de la sopa de tomate con verduras.
Estaba seguro de que los tomates la harían parecer sangrienta y
espesa como un platillo zombiano. ¡Sus padres la devorarían!

Por fin la sopa estaba lista.

La agarró con cuidado y se la llevó a la casa para la cena...

¡Se la devoraron!

Mo cerró los ojos y contuvo la respiración.

Ah, por fin.

Ellos iban a saborear la sopa.

Ellos pedirían más.

Mo imaginaba los desayunos, almuerzos, cenas,
meriendas. ¡TODO DE VERDURAS!
Crudas, cocidas, hervidas al vapor y fritas.
Por siempre y para siempre.
Vio como todos sus sueños
se volvían realidad.
Pero...

A los padres de Mo no les gustó la sopa.
¡Para nada! ¡Ni un poco!

A Mo se le fue el alma a los pies.
Su plan había fracasado.

PERO SIGO SIENDO YO. MAURICIO ROMERO. SU NIÑO ADORADO. SU QUERIDO MO.

Mo les recordó a sus padres que a él todavía le gustaba perseguir a los humanos mientras corrían en maratones.

Y prometió que siempre animaría a papá durante los campeonatos de "A ver quién come más sesos".

A él le seguía gustando mover el esqueleto bajo la luz de la luna con mamá.

Él era un zombi. Un verdadero Romero.
Lo único era que a él le gustaba comer verduras.

Los padres de Mo querían mucho a su hijo y finalmente aceptaron que no importaba que fuera diferente. Incluso le prometieron que comerían más verduras; lo harían por él.

HELECHOS DESECHOS

CODITOS DE CALA-BACÍN CON DIENTE DE AJO

PATA-CONES

Los Romero sabían que la mayoría de los zombis no comían verduras.
Pero ellos eran más que zombis.
Eran una familia.

GAZPACHO DEL JARDÍN DE MO
(CONOCIDA COMO CREMA DE BILIS SANGRIENTA)

¡Hacer bajo la supervisión de un adulto!

4 raciones

INGREDIENTES

5 tomates maduros, en trozos,
   o 1 lata de 16 onzas de tomates troceados
1 pimiento rojo, sin semillas y cortado en trozos
1 cebolla pequeña, cortada en trozos
½ pepino, cortado en trozos
2 dientes de ajo
10 hojas de albahaca
1 cucharada de aceite de oliva
Un puñado de cilantro picadito (para decorar)

PREPARACIÓN

1. Coloca los tomates, el pimiento, la cebolla, el pepino,
   el ajo y la albahaca en un procesador de alimentos
   o licuadora. Licúalo todo hasta que quede cremoso.
2. Agrega el aceite de oliva y mézclalo bien.
3. Vierte la mezcla en tazones.
4. Échale un poco de cilantro por encima, al gusto.
5. Sírvelo frío al estilo tradicional. ¡Pero caliente también es rico!
6. Para hacerlo más divertido, toma bolas de queso mozzarella y coloca
   una pasita en medio de cada una. ¡Coloca dos bolas en cada plato de sopa
   para que parezcan ojos!

PICADERA A LO ZOMBI

¡Hacer bajo la supervisión de un adulto!

INGREDIENTES

tallos de apio
crema de cacahuate o mantequilla de maní
   (¿Alergia a las nueces? La mantequilla de girasol también funciona.)
almendras peladas o semillas de girasol con cáscara
jalea o mermelada de fresa

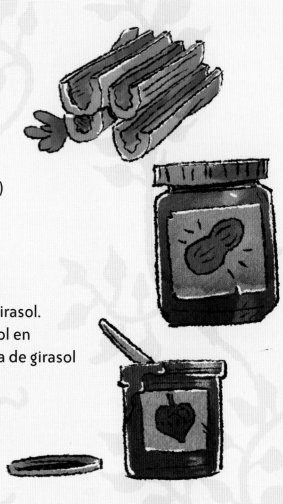

PREPARACIÓN

1. Unta los tallos de apio con crema de cacahuate o mantequilla de girasol.
2. Unta el extremo más ancho de una semilla de almendra o de girasol en jalea, y pega el otro extremo a la crema de cacahuate o mantequilla de girasol untada en el tallo de apio.
3. Sirve en un plato y haz trazos alrededor con la "jalea sangrienta".
4. ¡Arrastra los pies "a lo zombi" para celebrar tu riquísima creación!

EL FAMOSO GUACA-MOLE DE LA FAMILIA ROMERO

¡Hacer bajo la supervisión de un adulto!

INGREDIENTES

2–3 aguacates pequeños
½ tomate maduro pequeño, troceado
2 dientes de ajo, finamente picados
jugo de limón fresco
1 cucharadita de cebolla roja troceada
sal de mar
chicharritas de plátano (mariquitas), palillos de zanahoria
   o rodajas de pepino

PREPARACIÓN

1. Corta los aguacates a la mitad. Saca la pulpa del aguacate y colócala en un tazón grande.
2. ¡Ahora aplasta los aguacates! ¡Hazlos papilla!
3. Añade el ajo, el jugo de limón, el tomate y la cebolla roja. ¡Aplástalos hasta hacerlos puré!
4. Añade sal de mar al gusto y mezcla.
5. Sírvelo con chicharritas o mariquitas de plátano, palillos de zanahorias o rodajitas de pepino. ¡Todo sabe delicioso con guaca-mole!